AF409063

Ana Escoto
(San Salvador, 1984)

Se dedica a la narrativa breve y a la poesía. Ha publicado el libro de cuentos *Menguantes y otras creaturas* (Dirección de Publicaciones e Impresos, 2008). Algunos de sus cuentos también se encuentran en *Memorias de la Casa – Narrativa* (Índole Editores, 2012), en *Cuerpos* (F&G Editores, 2015), *Vanishing Points/Puntos de fuga* (Kalina, 2017) y en la antología centroamericana de minificción *Tierra breve* (Centroamericana, 2017). Es economista y doctora en Estudios de Población. Radica en la Ciudad de México, donde también se dedica a la docencia y a la investigación sociodemográfica del bienestar.

De los problemas de enamorarse

Ana Escoto

Ana Escoto

DE LOS PROBLEMAS
DE ENAMORARSE

F&G editores

De los problemas de enamorarse
Ana Escoto

© Ana Escoto
© F&G Editores, esta edición
Foto de la autora: archivo personal
Diseño de portada: F&G Editores
Ilustración de portada: Mayro de León, *Carrousell* (acuarela, 14.5 x 20.0 cm, 2016)

Impreso en Guatemala
Printed in Guatemala

F&G Editores
31 avenida "C" 5-54 zona 7,
Colonia Centro América
Guatemala
Teléfonos: (502) 2292 3792 – 5406 0909
informacion@fygeditores.com
www.fygeditores.com

ISBN: 978-9929-700-49-9

Guatemala, febrero de 2019

A Alberto.
Sin problemas.

Historia del feminismo o una carta muy cursi

Es extraño, pero me levanté con enormes ganas de ser un champiñón. Pero no cualquier champiñón: uno resistente al frío. Y es que sí, lo acepto, me había dado por cosificarme: ser tu camisa, ser el libro que leés, ser el lápiz con el que escribís, ser el reloj azul que usás de vez en cuando. Esto quiere decir que ya salté. Evolucioné y llegué al mundo de los vivos. Quizás empezaré a respirar y compartiremos aire. Después seré un sancarlos amandarinado –del reino fungi me paso al de las plantas– y entonces fotosintetizaré el dióxido que emitís. Luego seré un lindo labrador negro –jamás un gato– que ande cerca de tu regazo. Y quizás entonces, me dé por ser parte de tus razones y pensamientos. Seré incorpórea antes de dar el gran paso: ser la mujer que soy a este lado, mi lado; a tu lado.

WENCESLAO

Wenceslao es mi hijo no nacido. O lo era. Con el avance de la defensa de la vida, una puede nombrar a sus hijos no nacidos y asentarlos en el registro civil. Un Wenceslao Escoto está esperando nomás el soplo de la vida. Para hacerlo más tangible, hice una figurita de barro. Por aquello que quiero que esté en contacto con sus raíces. Pero también quiero que tenga un poco de agencia. Porque creo un poquito en las teorías de alcance medio de la Sociología. Entonces, espero y espero que llegue su soplo de vida y, con él, que cumpla mis sueños de mujer: ser madre.

Ayer nos reunimos las Madres Ideales (MI). Es un grupo de mujeres que amamos a nuestros hijos no nacidos y exigimos que se les reconozca como tales, con ganancias en el registro civil; aún nos falta que nos los acepten en las matrículas escolares. Pero la discusión se centró en que casi ningún hijo ideal tiene padre y eso nos preocupa. Verán, los padres son importantes, sobre todo en mi caso. Es niño. Y como niño, Wenceslao debe tener un modelo afectivo de varón. Alguien que le enseñe a ser un hombre, y eso solo lo puede hacer otro hombre. Discutiendo esto, le expliqué a mis co-tertulianas que pensáramos cómo hacer para que los padres de los hijos no nacidos se hicieran cargo. Porque los preparativos para las vidas que aún no existen son agotadores y necesitamos ese apoyo emocional.

"Necesitamos un decreto", dijo Josefina, madre de la no nacida Teresa. "Necesitamos un reforma agraria, además", explicó. Yo no entendí mucho. Pero ella dijo, que así como yo tenía mi muñequito de barro, cada quien debía tener su parcelita para tener sus muñequitos y su maíz. Por aquello de esperar los milagros. Yo asentí. Mientras tanto, Aurelia, próxima madre de Joselito, explicaba que lo que necesitábamos era tener miembros hombres en el grupo.

Aurelia increpaba en este tema, pero todas reíamos. Porque los hombres no tienen mucho que ver en la producción de la vida. Quizás un momento efímero, pero hasta ahí. En eso vimos que Wenceslao empezó a moverse. Nos dijo que él también soñaba con tener hijos. Hijos no hechos de barro. Que ser de barro le molestaba un poco. Pero que seguro vivir en cuerpo humano no estaba mucho mejor. Así que le parecía una opción viable. Que de dónde venía había un comité especial de padres futuros. Y que no se solucionaban las cosas. Que precisamente yo, no era la mejor madre, pero que qué se le iba a hacer.

Un poco triste, porque me gusta ser la mejor en todo, le dije que estaba bien. Que decidiera quién fuera su madre. Total, aún no ha nacido. Wenceslao me dijo que el asunto es que quería dos padres. Me sentí contenta porque, por lo menos, tendría varones a quienes admirar. Y sería doblemente hombre. Aurelia se llevó a Wenceslao, pues le dijo que tenía muchos amigos dispuestos a ser alguno de sus padres.

Josefina, por su parte, definió que mañana nos reuniremos a discutir la reforma agraria de las ciudades que queremos tener. Esa locura. Seguro no vendré.

DE LOS PROBLEMAS DE ENAMORARSE DE HOMBRES QUE TIENEN BONITA LETRA

Un día de tantos pensé que era bueno retomar buenas costumbres. Por ejemplo, empezar a dejar notas de agradecimiento escritas de mi puño y letra. La gente se asombraba mucho cuando, después de una cena o una reunión informal, una pequeña nota en sepia –había que darle dramatismo al asunto– aparecía en sus escritorios. Algo así como una nota sacada de otra época. A mí me gustan los viajes en el tiempo, y por qué no agradecer a la gente con un poco de cuántica barata y accesible.

Así fue como me hice popular en las fiestas. Un día se me ocurrió que además de dejar notas en los escritorios ajenos podía organizar una fiesta y tener comensales. Y preparé mi casa, con una selección de vinos, quesos, cervezas y demás. Un poco de música. Nada muy elaborado, pero nada muy informal. La fiesta fue un mediano éxito. La gente reía. La gente me daba abrazos al despedirse. Y al día siguiente yo tenía varios sobrecitos cuánticos encima de mi escritorio.

Entre tanto agradecimiento, logré observar una nota que decía algo tan simple como "Muchas gracias, estuve encantadísimo de asistir a tu fiesta, espero se vuelva a repetir". Pero la caligrafía era muy bonita. No femenina como de escuela de monjas, no redondeada como sacada de una versión muy horrible de la comic sans, sino más bien una letra donde las efes, las eles y las erres sobresalían; las as, las os y las des tenían una forma elíptica hacia arriba; y, lo más bonito eran las qus, las jotas, las pes, las ges y las y-griegas, con una manera de apuntar hacia abajo hermoso y un bucle que parecía casual. Me aprendí su abecedario caligráfico haciendo por lo menos tres fiestas a la semana en mi casa.

Las notas se acumulaban en mi escritorio. Yo sólo buscaba la caligrafía del hombre aquél. Era terrible que mis fiestas cada vez fueran más concurridas, pues tratar de encontrar a un hombre entre un mar de gente era cada vez más complicado. Sin embargo, no podía dejar de hacer fiestas. Hasta que un día ya no recibí ninguna nota de él.

Y no hubo más fiestas.

Años después, alguien me saludó en la calle. Me preguntó por mis fiestas. Le dije que eso había pasado, sobre todo porque cuando quedé desempleada no había ánimo para festejar. Él asintió. Y dijo que lo que más recordaba de esa época eran mis notas de agradecimiento. No dije nada más, él tampoco. Pero tenía cara de tener bonita letra.

De los problemas de enamorarse de hombres al otro lado del andén

Esta ciudad no es tan grande. A veces. Cuando se tiene rutas estructuradas y horarios metódicos para todo, no es tan grande. Salgo siempre a las 7:14 AM, ni antes ni después. Y mi vecina siempre está paseando a su perro. A veces con suéter rosa, a veces con suéter azul claro. No tiene un patrón para sus atuendos pero ahí está, con sus colores pasteles y con una bolsita de supermercado. Suele saludarme con la mano metida en el plástico que envolverá los excrementos caninos, me parece un extraño saludo. Asiento y sigo caminando. Continúo y está el señor que siempre intenta matarme con la manguera al regar las plantas, como parte del servicio de mantenimiento que se paga entre todos los vecinos. Siempre la manguera está en el camino y él intenta moverla. En ese baile, siempre me tropiezo. Luego, el jugo de naranja de la esquina. El mismo tono y la misma pregunta aunque pida siempre lo mismo. Sí, quiero tapa.

Sólo de naranja. Nos vemos. Sonrío. Luego los policías del metro. Se turnan, creo. Son dos. A veces hay un tercero. Y llego al andén. Como todo el mundo. Con mi destino diario y mi horario diario. El reloj marca intermitente las 7:28.

Y ahí está. Del otro lado. Siempre. A la misma hora y con audífonos o con libro. O con libro y con audífonos. O con audífonos y bufanda. O con audífonos, bufanda y abrigo en la mano que se pelea por el lugar del libro. Y sonríe. Sonríe y hace un gesto de dejarme pasar, como si fuese a cruzarme los rieles. Como si pusiera su capa sobre un charco que puedo cruzar. Y llega mi tren. Sonrío y digo de alguna manera adiós. Y el día parece siempre ser mejor.

Y así de lunes a viernes. Durante todo el año. Cambiando los atuendos según las estaciones. Usando camisetas azules y grises. Usando manga larga. Pero con la sonrisa y con los gestos que ahuyentan el frío o disipan el calor o nomás acompañan a las mañanas llenas de olores de los perfumes de las mujeres que salen a trabajar apresuradas y que se maquillan juntas como en un baile coreográfico.

He pensado, por ejemplo, esperar en la entrada del metro y ver por dónde entra a la estación, para saber si vive cerca, si es mi vecino. Pero puede venir de algún cruce y hacer transbordo entre líneas. A veces he pensado hacerle un gesto de que me cruzo al otro andén. He pensado anotar mi número en un papel, con caligrafía lo suficientemente grande para que la vea desde el otro lado. A veces he pensado simplemente en llegar antes o después. A veces.

Pero esta ciudad es demasiado grande. Siempre. Y vuelvo a saludar desde el otro lado al chico del andén, como quien se levanta, saluda y toma el jugo y toma su destino, todos los días.

DE LOS PROBLEMAS DE ENAMORARSE DE HOMBRES CON NOMBRES NO ASIGNADOS A NINGÚN PERSONAJE

"X", dijo. Yo asentí a sus grandes ojos que me sonreían más que su sonrisa (podría haber tenido una mejor dentadura): me pidió mi teléfono, no sé cómo. O eso creía cuando anotaba mi número borroso en un *post-it* fucsia, que con mis nervios hechos dedos sudorosos ya no tenía adhesivo y ya era un papelito normal y arrugado.

Los días siguientes me la pasé viendo el teléfono, esperando poder marcar a la inversa, con el sólo hecho de mirar el artefacto. Cerraría los ojos y un "ring" estridente sonaría en la habitación. Después de mucho ver el aparato, noté que había una pequeñita mancha cerca de donde se pone el oído. Pensé que el pobre teléfono, al no emitir sonido, había llenado con sus propias flemas el vacío que se crea cuando no hay remitente y, por tanto, no hay destinatarios. Los teléfonos que viven del paso de mensajes se ponen tristes cuando no son utilizados. En la tristeza, les da gripe. Es algo demasiado común, pero aún más común en teléfonos viejos y pasados de moda.

Cuando le alcancé un clínex a la pobre máquina me di cuenta que la flema no era tal. Era una cosa viscosa, sí. Verde gelatinosa. Pero que adentro tenía algo más. Vi que se movía. Esperando entonces que fuera una llamada perdida o algo así, le acerqué un poquito de luz de una lamparita. Con el calorcito, la viscosidad mostró en su luminosidad y transparencia, lo que ocultaba. Un hombrecito muy chiquito se chupaba el dedo y dormía. No quise despertarlo.

Me puse entonces a vigilar el teléfono. Esperando ya no a "X", sino al hombrecito. A los dos días de tener la lamparita, empezó a salir de su capullo. Salió y floreció. Para mi sorpresa y beneplácito, con ropa. "Soy Bruno", me dijo. Noté que se parecía excesivamente a "X". Pero tenía, eso sí, mejor dentadura, una plática muy florida y un afán por el jazz. En su útil tamaño, Bruno cabía exactamente en mi bolsillo izquierdo, maravillándome de comentarios al tiro y que me hacían reír de manera estrepitosa mientras caminaba. Mis carcajadas se intensificaban por las cosquillas que el pequeño pasajero ocasionaba en mi seno, cuando en su afán de acompañar con ademanes exagerados sus historias movía los brazos abiertamente, y provocaba una pequeña brisa entre la camisa y el escote.

Un par de semanas después, me encontré con "X" en los pasillos de un lugar común. Levantó la mano y saludó. Yo casi no lo reconocía.

Me preguntó si mantenía el mismo número de teléfono. Que pronto me hablaría para ir por café, o para el cine, que había un festival de documentales. Yo asentí. Lo miré extrañada, porque Bruno ya no se parecía a él.

Mientras "X" me trataba de convencer sobre alguna teoría lógica según la cual las llamadas se quedan perdidas en el aire de los transistores de viejos teléfonos que no han sido vacunados contra la gripe, Bruno se trepó a mi cuello y se paró en mi hombro. Me susurró al oído "Todos son personajes hasta que se demuestre lo contrario". Yo sonreí, "X" pensó que era por algo que él había dicho y sonrió también, con su mala dentadura.

De los problemas de enamorarse de hombres que no existen

Explicaba, por décima quinta vez, que iría a la fiesta sola. No. No, gracias. No, no tengo con nadie con quién ir. Es triste darse cuenta de la poca existencia que tiene tu pareja en esos momentos de bodas, bautizos y quince años, donde las parejas son necesarias. Primero, para que todas las mujeres de tu familia le planten un beso en rojo y, segundo, para evitar al tío borracho que siempre quiere bailar.

Suspiraba y pensaba en el vestido más idóneo, pensando en qué tan sencillo sería llevar a Filiberto, si existiese. La primera vez que me di cuenta de que Filiberto no existía fue cuando lo invité a comer helado. Lo cité en una heladería bastante populosa, quería compartir una banana split con choco krispies y sin crema batida. Se negó. Dijo que las muchedumbres lo ponían nervioso. Pero rápidamente volví a creer en su existencia, porque a las niñas de ocho años les es fácil saber de existencias e inexistencias, sobre todo intermitentes.

A los diez años quise que fuéramos juntos a la pizza, una pizza con hongos, jamón y doble queso, con un té helado de limón. A los doce, le pedí que fuera a mi primera fiesta. A los trece mientras fumábamos mi primer cigarro, le dije que por favor me llevara por una cerveza o una copa de vino, que qué más daba. Y llegaron los terribles quince, con fiestas rosas y con mi pasión por un Filiberto de chambelán bailando conmigo y haciendo una "L" con los pies.

Entonces Filiberto quiso atenuar las cosas. Me dio explicaciones. Que era poco vistoso. Que era bastante feo. Entonces me dijo una mentira para apaciguar mis interrogatorios: que era totalmente invisible. Durante mucho tiempo creí fielmente en su invisibilidad. Tenía un novio invisible al que me dedicaría en cuerpo y alma. Un novio que además sólo era mío.

Poco a poco me iba convenciendo que la visibilidad era de este mundo, mi mundo donde tenía un novio invisible aunque yo no lo era. Mis mundos se habían puesto locos. Por lo menos ese tipo de mundos visibles e invisibles. Si la gente invisible pudiera ver a la gente visible y viceversa, las cosas hubiesen sido más fáciles. O si por lo menos los visibles escucharan a los invisibles y los invisibles no escucharan a los visibles. Porque podía creer en ese tipo de justicia de ojo por oído y oído por ojo. Me miré en el espejo. Me miré detenidamente. Y entonces decidí renunciar a mi visibilidad como el acto más puro de amor. Esperando quizás perder alguna otra cualidad física (yo esperaba perder sobre todo peso).

Filiberto admitió su inexistencia y no su invisibilidad. A veces pienso que lo hizo nomás para dejarme vivir en este mundo visible. Me dijo que él vivía en mi mente, nada más. Le dije que eso no importaba, que lo quería fuese como fuese, pero que no podía irme a vivir a mi propia mente, porque era bastante imposible y un poco endógeno. El coincidió conmigo. Me dio un beso en la frente. Yo le juré amor eterno.

Y ha funcionado muy bien. Salvo esas necesidades que aparecen de querer decirle al mundo que tengo novio, pero no poder hacerlo porque mi novio no existe.

De los problemas de las visitas de la fidelidad

La fidelidad es rara. A veces viene, a veces se queda. Me plantó cierto día. Fidel me dijo que llegara a las veinte. Llegué a las veintiuna. Y no importaba. La fidelidad se había ido con Fidel. Eso había pensado.

Cuando me propuse volver a ser fiel, sin recordar a Fidel –porque había sido un trago muy amargo, pero como cosa buena que se va con acidez y dolor estomacal– me planteé así: ¿Debo ser fiel? Esta pregunta evocó otra: ¿Debo ser? La fidelidad pasó a un segundo plano. Eso es lo bueno de tener instintos filosóficos que me llevan a un nivel de abstracción que da confort.

Todo estuvo muy bien por un par de meses, porque aproveché la indefinición de ser y no ser. Y claro, eso es fácil cuando una tiene un par de tipos detrás de sus huesos. Cuando la abstracción se mezcla con la concreticidad de los cuerpos la vida es sencilla y simple.

Entonces la fidelidad saltó, cuando yo me disponía a llamar a Julio y cancelarle a Román. Yo me asusté que viniera y hablara tantas cosas. La senté en la silla de mi cuarto y le dije que me explicará su comportamiento errático. No hacía más que darle vueltas al asunto. Me dijo que, al fin y al cabo era ella pequeña e insignificante. Pero que yo *era*, que no era indefinida.

–Sos fiel.

"Auch", pensé o sentí, no sé. Pero ella dejó de dar vueltas. Lo cual agradeció mi revuelto estómago. Hablé durante mucho tiempo con mi fidelidad sobre en que tipo de fidelidad se había covnertido ella (porque ya no usaba dos colitas y podía resolver cuatro casos de factoreo y empezaba a vislumbrar los límites con magistral dominio matemático). Luego de ponernos al día me dijo que su comportamiento errático era natural, que ella sólo intentaba marcarme los pasos o seguir los míos, que no sabía quién dirigía en el baile que tenemos desde hace varios años. Yo tampoco sabía. Me aseguró que se parecía demasiado a mí (y eso había sospechado cuando me entregó una fórmula matemática para determinar la distancia exacta a la que habíamos estado todos estos años), y que por favor dejara a Fidel atrás.

Hoy, como siempre, recuerdo ese día. Y me pregunto si ya existirá la fórmula correcta para encontrarnos otra vez y bailar algo más. Me la quisiera encontrar de nuevo, que me explicara lo que soy o me contara qué tal le va en la adolescencia. Que me recordara que aunque intento con ahínco no serlo, lo soy, soy fiel. Adiós Fidel.

DE LOS PROBLEMAS DE
ENAMORARSE DE MÚSICOS
CON NOMBRES RUSOS

Cuando un hombre te escoge como su musa musical es casi imposible no viajar al mundo de sonidos abstractos. Todo comenzó por mi aguitarrado cuerpo de caderas y caminar tropical. Así fue que el músico aquel comenzó a tocarme como si fuera una *fender*. Más hermosa que la *fender* de Yngwie Malmsteen, me escribió en la servilleta del bar donde nos conocimos. Yo entonces no sabía quién era ese sueco y menos Alcatrazz (una banda ochentosa que nunca escuché). Pero a mí me había gustado la palabra *fender*. Y así comencé a ver al músico más seguido.

A pesar de mis caderas musicales, mi cuerpo es bastante desafinado y torpe. O así lo creía. Pero a Vladimir, nombre artístico de ascendencia comunista rusa, mi cuerpo lo hacía llegar a categoría de *luthier* con especialización anatómica. Yo no entendía mucho, porque además mis orgasmos no son tan sonoros y, cuando lo son, no tienen ritmo ni mucho menos suenan a alguna voz prodigiosa. Más bien son sonidos quebradizos y poco agradables. A él le parecían rupestres, cercanos al pueblo.

Entonces él creaba y me quería hacer ver cómo sus composiciones (sobre mí) eran grandes obras. A mí, que mi examen vocacional me indicó que podía hacer cualquier cosa menos lograr tener un oído musical. Porque, en mi sinestia, los sonidos parecen olores y de vez en cuando los confundo con colores.

Yo no entendía mucho, de nuevo, y no había mucho que entender más allá que asentir y dejar que hiciera su trabajo que para mí era más artesanal que artístico.

A veces llegaba a medianoche a mi cama con una gran idea, sin final. Y yo quedaba a la mitad de una sinfonía que para mí era algo tan simple como la sexualidad misma.

En cambio, él construía, como buen comunista, una revolución. Una revolución musical, donde el mismo ser humano es la nota y no hay notas superiores a otras. Todas son bellas, pero en conjunto lo son más. Se emocionaba tanto y sus ojos se llenaban de un brillo tan inocente que yo deseché la idea de que su revolución anatómica musical se refiriera a una orgía.

En el afán de componer su Gran Obra, se distanciaba cada minuto para hacer anotaciones. Él buscaba torpemente en mi cabeza la manera para afinar mis sonidos. Yo empezaba a sentirme un poco incómoda y un tanto innecesaria. Así que un buen día tomé las tijeras y corté las cuerdas que nacen de mis senos a mi pubis. Cansada de ser un guitarra, me levanté de la cama. Me sobé la cabeza. Vladimir lloró. Decía que sólo hacía falta un movimiento para el gran final.

De los problemas de enamorarse de hombres con un corazón muy grande

Cuando se tiene cierta adicción por los defectos físicos de la pareja, la vida se vuelve un sinfín de miradas ajenas. Cuando Felipe no pudo más con su escasez de piernas, dijo que quería ser inválido y estar tranquilo. Yo le dije que no se dijera inválido, que siempre me había reclamado esa manera de referirme a él. Me dijo que podía autoproclamarse inválido y salir con cuánta inválida se le diera la gana. Le dije que no estaba de acuerdo. De esa manera empezó el final de una triste y breve historia de amor.

Así andaba yo por la vida, recolectando defectos y miradas: Juan y su tercer ojo, Marcos y su enorme cabeza, Ulises y su tamaño minúsculo. Pero nada terminaba bien. Cansada de miradas, decidí pasarles exámenes a los tipos que me pedían cita. Los exámenes no eran infalibles. Descubrí en la cuarta cita que Arnulfo tenía las manos muy grandes; en la quinta salida, Alejandro tartamudeó al ordenar el platillo en francés al camarero; en la segunda semana con

Gustavo, al estar en el zoológico me di cuenta de su terrible similitud con el simio en la jaula de al lado. Pero lo más espantoso fue encontrarme con alguien con el corazón muy grande.

Los corazones grandes no se observan a primera vista porque la gente no anda por ahí sin camisa, enseñando sus corazones poco proporcionados para tan ínfimos cuerpos. Así que este defecto físico tardó en salir a relucir. De vez en cuando yo notaba demasiado ritmo en su andar, como si un gran bombo anduviera por su cuerpo. La gente lo miraba, yo aún no entendía por qué. Yo aún no lo sabía pero también lo observaba. Era como si el corazón fuera un enorme tambor cantarín moviéndose al compás de su andar. Yo empezaba a sospechar que algo no era normal. Sobre todo cuando puse mi mano sobre su pecho y parecía que algo estallaba debajo.

Un día, en el cine, me recosté en su costado y resultó que el sonido me impedía ver la película. No lo soporté. Porque sinceramente el sonido me gustaba. Demasiado. Cual canto de sirenas que podía hipnotizarme, yo temía caer en un estado zombie de hacer cualquier cosa que él me dijera. Además, tener ritmo es una cosa peligrosa, por eso del baile. Y tengo dos pies izquierdos —no es un decir— que me empeño en esconder. Decidí entonces volver a los terceros ojos, enormes cabezas y tamaños ínfimos. Cosas que no son normales, pero no son malas.

De los problemas
de enamorarse
de hombres que ríen

Cuando andamos por la vida con botecitos en los bolsillos para guardar las risas para los momentos tristes, puede pasar –aunque la probabilidad sea baja– que nos encontremos con hombres que sí saben reír, y no sólo eso, se carcajeen. Los botecitos entonces empiezan a ser demasiados.

Cuando conocí a Juan yo tenía quince botecitos debajo de mi cama; cinco en el gabinete de las medicinas, tres al lado de la alacena, uno adentro de la refrigeradora (a la par de los chocolates), una dotación que además servía para detener en sus repisas los libros que me hacen llorar. Finalmente, mantenía los bolsillos y las carteras llenas de botecitos.

Es todo sencillo, hacer la cuenta: una lágrima, una risa. Las risas eran mías. Había logrado guardar las risas más estridentes, las más memorables. Los frasquitos con fecha y número de serie y catalogados en mi computadora me hacían la vida mucho más fácil. Además me hacían más llevadera mi recién descubierta adicción a la tristeza y a las despedidas. Una lágrima es mejor que una ida al oculista, le explico siempre a mi amiga, quien no llora y tiene los ojos pequeños y sin brillo. Le explico que llorar no es triste o que, si lo es, lo es no más un poco, es quizá casi tan accesible como ese dolor de la depilación de las cejas –que ella insiste que haga, con la técnica moderna y dolorosa con hilos– o bien, esa tan recomendada depilación con cera tradicional para eliminar bigote y la línea del bikini.

Una llora. Tiene los ojos listos, abre un botecito y un eco retumba en el corazón. Después, todo se ha terminado. Suspira un poco y puede tomar otro poquito de tristeza. Y así tener el aura equilibrada en sano. En un equilibrio mágico: zen. Y una habla con la dicción correcta, al ritmo adecuado y con tono agradable a su interlocutor.

Juan llegó un día, sin botecitos. Empezó a reírse. Fuerte y moviendo todo el cuerpo. Al principio agradecía a la vida que no tuviera yo que andar cargando botecitos propios de un lado al otro, nomás llevaba a Juan del brazo para todos lados. Juan reía y reía... y yo saludaba orgullosa de llevar tanta alegría de mi brazo y los botecitos iban quedando cada vez más escondidos en alguna esquina de mi casa. Las fiestas eran un éxito, nos reíamos entre la música y las charlas; la gente acompañaba con un eco estridente y Juan parecía que tenía un ataque epiléptico cada vez más frecuente. Me empezaron a saludar desde las aceras opuestas, con gritos y ademanes exagerados. Me atiborraban de invitaciones a fiestas. Me contaban de fulano, mengano y sutana que harían una fiesta mejor que Gonzalo y Cristina. Y yo reía y reía.

Un día yo no tenía más tristezas que contrarrestar. Empecé a gesticular en tonos agudos y a veces graves. Dejé de llevar el catálogo de botecitos y dejé de abrir el refrigerador. Reía y cada risa me parecía superior a la otra. Y no me sentía bien, porque mi cuerpo no está hecho la risa ni el dolor (por eso no me depilo). Juan tenía que irse. Porque yo tenía que ser capaz de llorar y reír por mis propios medios. No está bien visto que una ande con hombres del brazo para olvidar su tristeza. Al final de cuentas, los botecitos de mis propias risas son mucho más discretos que un hombre con carcajadas mezcladas con ataques de epilepsia.

De los problemas
de enamorarse de
hombres con vergas raras

Éste tenía la verga un poco rara. Pero por eso era interesante. Desde hacía un tiempo yo había empezado lo que denominaba "Estudio comparado de personalidad y anatomía genital: un análisis individual de caso en un país tercermundista". Tenía la impresión de que podría existir un patrón entre la personalidad de los hombres y sus vergas. Porque siempre los hombres se sienten muy orgullosos, apenados, injuriosos o bien todas esas cosas simultáneamente por sus majestuosos miembros sexuales.

En la búsqueda descubrí, en cambio, que los hombres grandes no siempre tenían la verga grande y que los chiquitos no siempre la tenían chiquita. Entonces pensé que la personalidad podría tener que ver. No es que quisiera dedicarme a los estudios de conducta, sino que quería entender un poco más porque había hombres que me gustaban independientemente de sus vergas y vergas que me gustaban independientemente de sus hombres. Yo más bien tenía mi hipótesis: no había relación alguna.

Pero éste la tenía rara. Casi sonreía y enamoraba. Casi podía verle la misma sonrisa de su rostro y era extraño. Era el caso que podía joder todo mi experimento (¡cómo odio que eso suceda!). Un solo caso. Me daban ganas de desaparecerlo, pero no matarlo. Entonces me pasé a lo cualitativo y me concentré en este individuo. Debía explicar esta excepción a la regla. Ya había pensado un subtítulo magistral: "una aproximación desde la resiliencia".

Me concentré en este tipo y en esta verga. No era grande, estilo industria pornográfica. Pero no era pequeña. Y el tipo era un tipo de lo más normal. No era un hombre exitoso. Tampoco era un perdedor. Era promedio en todo. Por eso me parecía anormal que estuviera enamorada de él y de su verga. Reflexionaba sobre esto durante una felación en la que comparaba sabores y no entendía nada. Tampoco era una cuestión de sabor o de pH anómalo. No sabía a nada extraordinario.

Entonces me di cuenta. Yo, como "observadora", estaba sesgada. Que no podía medir nada. Todo era el problema heissenbergiano del observador que no puede controlar la posición y la dirección de una partícula. "Subjetividad" logré decir mientras él eyaculaba. Quizás estaba enamorada y ya.

DE LOS PROBLEMAS DE ENAMORARSE DEL DIABLO

"No vayás a tentar al diablo", me dijeron. A mí me parecía, y la lógica me lo confirmaba, que el que tienta es el diablo y no nosotros a él. En mi caso, me tentaba constantemente, pero ¿cómo podría yo tentarlo a él? Una acción en justa venganza por tanta tentación que suele ponerme. Porque la lujuria, la glotonería y la procrastinación deben ser pecados con magnos castigos en algún círculo del infierno, y si ese sufrimiento iba ser sufrido por mí, en algún futuro inexorable, entonces debía castigar al culpable, porque todo era culpa del diablo, no mía.

¿Qué sería del mundo sin el diablo? Pues todo sería mejor, todos lo sabemos. ¿Por qué nadie entonces se ha encargado de buscarlo y hacerlo pagar? Tan sencillo.

Empecé a pensar cómo pensaría el diablo cuando me pone todas las tentaciones ahí, enfrente y accesibles. A veces las tentaciones

vienen en algo tan sencillo como un e-mail, a
lo mejor, un FWD que te hace rayar en el he-
donismo. Pero no encontré su casilla. Intenté
devil666, diablitoloco666, luciferporsiempre,
foreverbelcebu, todos eran correos de tipos interesantes, de buena plática y costumbres so-
ciales, pero ninguno era el verdadero.

Intenté buscar al diablo en los bares. Un día
alguien gritó "Diablo", pero supe que no era él,
pues no tenía cola, además que parecía ser muy
pálido y enclenque para ser el maestro del mundo oscuro. Pasé de bar en bar, buscando al
diablo. Más de alguno fingía por una noche ser
el diablo, y aunque no les salía mal, sobre todo
en menesteres de amantes nocturnos, me parecía que no tenían el nivel de placer demoniacos
que el jefe en sí mismo debía tener.

Luego me dijeron que si ponía el disco de
los artistas del momento al revés se oía como
llamaban a Satanás, intenté pues llamarlo imi-
tando además a Madonna, Xuxa y todas las que
hace décadas fueron acusadas de hacer pactos
con el demonio para salvaguardar su belleza.
Pero nunca vino, y mi fealdad se mantuvo im-
poluta, nomás vino el vecino a callarme porque
deseaba dormir.

Así pues sigo buscando al diablo para que
caiga en mi tentación, se ha vuelto la mayor de
mis aficiones. La gente dice que he perdido lo
que es importante en la vida. Pero no saben lo
divertido que es andar buscando tentar y ser
tentado. Y yo no me quedo con demonios ni

fariseos, yo quiero al mismito jefe. Porque en mi casa me enseñaron lo que es la ambición y tratar de ser la mejor en todo. Es mi sacrificio para el mundo. Cuando lleguemos al infierno imagino un duelo de tentaciones. Una extensa guía de cómo perder el tiempo, hacer trampa y dedicarse al placer carnal. Ojalá y nos guste.

DE LOS PROBLEMAS DE ENAMORARSE DE HOMBRES QUE CANTAN MIENTRAS COCINAN

Cuando me invitan a comer, siempre pienso que no sé cómo se han desinfectado los alimentos. Por eso, siempre debo observar el proceso de fabricación de la comida con mucho cuidado. Claro que una no puede decir estas cosas abiertamente porque ofende de una manera que aun no logro entender. Por eso siempre mejor digo que quiero ayudar en el proceso. La gente se lo toma bien. Entonces, normalmente, el anfitrión destapa una botella de vino o una cerveza y platicamos mientras se cocina. Es todo muy bonito. Yo observo, desinfecto y la gente bebe y me ayuda marginalmente a cocinar.

Mi rutina estaba tremendamente ensayada. Hasta que a Julio, hombre encantador, de buena conversación, atlético y amante de los rayos de sol que se esconden en las nubes justo en el momento cuando va a llover, se le ocurrió que debía cocinarme y yo observar todo y no hacer nada.

La primera vez hizo la desinfección casi de manera perfecta. Digamos que sus lindas manos y el ritmo del tablón donde partía los champiñones eran hipnotizantes. Entonces de repente empezó a cantar. Y la voz de este hombre parecía condimentar los platos.

Sin embargo, para la quinta cita el asunto parecía aburrido. Yo revisaba el proceso de desinfección y empezaba a preguntarme por qué estaba con Julio y esa reflexión tenía como música de fondo lo que él cantaba. Cada vez hacía platos más complicados y yo tenía mucho, muchísimo ocio para pensar por qué, si desinfectaba bien los alimentos, yo no estaba tranquila.

Pues bien, un día que cocinaba unos canelones rellenos de queso ricota y espinaca, le dije que lo ayudaría. Julio entonces me pasó un cuchillo y empezó a dictarme qué hacer y dejó de cantar mientras cocinaba. Aprendí muchas recetas, y se lo agradezco, valga la aclaración.

Pero, después de varias semanas de entrenamiento, sorprendí a Julio un día de tantos, con esos pretextos de calendarios y cuentas. Lo esperaba con cena y velitas y música romántica. Julio, sin haber cantado antes, no tenía apetito.

De los problemas de enamorarse de hombres con ojos grandes

Siempre camino viendo al piso. Siempre parece más interesante. Una siente que abajo habrá liliputienses corriendo a cada paso que una da y a veces he creído verlos. Un día un pequeño liliputiense se vengó y me echó una zancadilla, estoy casi segura. Caí al suelo. Entonces, hice eso que, supongo yo, no hacía por temor: mirar hacia arriba. Unos grandes ojos, grandísimos (o quizás yo los veía así pues andaba en plan microscópico buscando a los liliputienses) me ayudaron a levantarme.

Si los ojos son muy grandes y de remate tienen brillo, una puede empezar a imaginar mundos en esos ojos. El problema es que los mundos sí existen, pero los ojos no son lugares cómodos para vivir. Primero porque toda la gente, o casi toda la gente, cierra los ojos para dormir. Cuando mi héroe de ojos grandes intentaba dormirse, yo intentaba mantenerlo despierto. Me imaginaba cualquier excusa para que no pudiera yo dejar de crear los mundos: café constante, inventar recetas que incluyeran ginseng y taurina, contratar al vecino trovador para que cantara toda la noche, entrenar a los gatos en el tejado y hasta fingir asfixias a las 3 AM.

Y es que los mundos que una imagina dentro de los ojos ajenos son bastante divertidos. Por ejemplo, el mundo número 83 incluía un barco y un avión que peleaban entre ellos. Mi héroe no entendía nada. Nada de lo que yo hablaba y le preguntaba. Un día preguntaba sobre astronomía (cuando en un mundo imaginario las estrellas hablaban y se decían cosas bonitas y se reían entre ellas), otro día le pregunté de biología molecular; también le hablé de frijoles mágicos con migajas y un poco de círculos del infierno, incluso un día le juré que logré probar los quarks de todos los sabores y olores en sus ojos.

Para cuando yo me imaginaba el mundo 535 en los ojos de mi héroe, el tipo llevaba 56 días sin dormir. Sus ojos cada vez perdían brillo y unas enormes ojeras iban achicando los tremendos ojos negros.

Hasta que una tarde de lluvia el héroe tocó mi puerta. Abrí y no logré verlo, hasta que gritó algo que no alcancé a oír con claridad pero me hizo mirar hacia abajo: un pequeño liliputiense saltaba y decía algo, era un tipo ojeroso y sin mundos en sus ojos.

De los problemas de enamorarse de hombres daltónicos

El oculista me dijo que yo no veía bien. Yo, que nunca había visto de otro modo, me puse triste. Salí y caminé por las calles. Las observaba de otra manera pues pensaba que no eran realmente como las veía. Los verdes árboles con sus hojas se burlaban de las calles y las hojas cafés se burlaban del gris asfalto.

Después de dos días de espera, regresé al oculista. Por mis lentes. En la sala de espera, que no era realmente ya una sala de espera, conocí a Agustín.

–Daltónico y miope.

–Astígmata y miope.

–Yo quiero curarme.

–Yo no sé si estoy enferma.

Cerré los ojos, le dije mucho gusto y nos estrechamos las manos. Las calles, los árboles y las hojas, mientras caminábamos con los ojos cerrados guardaban silencio. No se burlaban de nadie, no de nosotros.

En un paseo de tantos se me ocurrió abrir los ojos para ver las hojas que pisaba. Vi entonces a un Agustín llorando. "Quiero ver los colores de las hojas", dijo cuando lo sorprendí con los ojos abiertos, igual que yo. Entonces pensé que debía aprender a ver en blanco y negro. Empezar a valorar un mundo sin colores y saber qué sentía Agustín. Cambié la televisión a colores y mi amor por ver los documentales de peces vistosos a capítulos de *I love lucy*, los tres chiflados y adopté la moda de los años cuarenta.

Sentados en el sillón viendo tele, la vida parecía cómoda. Pero el viento trajo una hoja. Se burlaba, una vez más, de mí.

Le di un beso en cada ojo a Agustín. Puse mis lentes sobre la mesita de estar de la sala. Y me fui. Porque, aunque lo intentara, no podía dejar de ver los colores de las hojas.

De los problemas de
enamorarse en sueños

Artemidoro era un hombre bajito y calvo. Yo que siempre ostentaba mi buen gusto al vestir y a mis hombres que me combinaban, me espanté al ver que mi corazón se apaciguara tanto cerca de él. Creo que venía de su sonoro nombre. Ar-te-mi-do-ro, le decía, como saboreando cada una de las sílabas de su nombre.

–No sé de dónde sacaron ese nombre mis padres –me decía un poco angustiado, tocándose un poco la escasa cabellera que tenía. Yo le explicaba que era un nombre hermoso, medio helénico que tenía que ver con los sueños. Pero parecía que siempre olvidaba eso, muy listo no era Artemidoro. Me gustaba explicarle que nuestro destino era ése, que yo le revelara para siempre porqué era que me gustaba su nombre y porqué era increíble que lejos del mundo de los sueños yo hubiese encontrado al hombre que batallaba con ellos.

Porque eran muchas batallas. Cuando duermo, sueño. Como todos. Pero cuando sueño, duermo. Es decir que mi descanso está supeditado a mis capacidades oníricas. Y eso es un poco incontrolable. Por ejemplo, después de un día cansado no me puedo acostar a dormir como todo el mundo sin que antes empiece yo a soñar. Es molesto también. A veces no tengo sueño y empiezo a soñar y a descansar, justo cuando estoy en medio de una semana de trabajo implacable y con piezas de correspondencia que contestar. "No le he escrito porque he estado dormida, soñando", he tenido que disculparme y poca gente entiende.

Artemidoro se sobaba la calva y se acomodaba en la silla con su peculiar tamaño. Me invitaba a un café en la mesa del comedor y yo empezaba a soñar y a dormir. Nunca en mi vida había estado tan descansada, ni tan desempleada. Dormía y dormía y casi ya se me habían acabado las ojeras. Uno de tantos días que yo le decía Ar-te-mi-do-ro, ven que el café se enfría, él estaba serio. Me dijo que no quería ser el hombre de mis sueños. Porque mis sueños eran mis sueños. Él se quedaba despierto y por más contemplativo y un tanto ávido a la necrofilia que él fuera, no podía seguir con la situación. Quería conocerme, quién era cuando no dormía, tan siquiera que le contara mis sueños.

Yo asentí. Dije su nombre, lo repetí saboreando las sílabas y quedándome dormida, por última vez; mientras le explicaba en sueños lo bonito de su nombre.

De los problemas de enamorarse de hombres astrológicamente incompatibles

Mi fascinación por las estrellas había venido desde siempre por el mapa de lunares en mis mejillas. Mejilla derecha: la osa menor; mejilla izquierda: la constelación de Orión. Yo y mis lunares éramos reflejos de las estrellas. Por ello, yo y mis tatuajes de destinos manifiestos nos habíamos llevado muy bien, desde siempre. A partir de mi carta astral había logrado predecir a qué edad conocería al amor de mi vida, a qué edad pariría el subsecuente fruto de amor de tal unión, a qué edad enviudaría y luego a qué edad moriría, vieja, pero con el sentimiento de haber llevado una vida plena.

Por eso después de una sesión de quiromancia en la que el adivino me comentó que mis líneas de vida eran múltiples e indescifrables o que, en términos prácticos, yo debía estar muerta, él me dijo que me amaba. Yo lo miré recelosa, pues según mis cálculos faltaban más de veinte años para tal evento. Entonces lo observé, y supe con tristeza: sería un amor fugaz.

Para él, su amor consistía en que no me podía predecir. Si lo hubiera intentado, hubiera terminado como meteorólogo con malos instrumentos, como un mentiroso, sin dolo. Yo me reía un poco, porque mis estrellas habían marcado mi camino siempre. Le expliqué un poco de mis constelaciones y además le enseñé que en la espalda tengo al menos siete constelaciones que se observan a cabalidad, aunque desde la última vez que me la vi no sabía si habían cambiado (verse la espalda es difícil y sucede en pocos momentos de la vida de una persona, sobre todo sin usar espejos).

Sonrió. Me besó la mano. Me preguntó que si yo estaba tan segura de mi destino para qué estaba en su negocio. Me quedé pensando en eso último. Yo que había tenido control en mi vida gracias a las estrellas, quería tener control en mi muerte. Quería ser cremada. Y según mis estrellas, mi muerte me impediría tener un cuerpo que enterrar o cremar. Él me cerró la mano y la volvió a abrir. Incrédula observé como las líneas ya no eran las mismas. Así que ese mismo día me acompañó a comprar mi vasija para mis futuras cenizas.

La verdad es que me da miedo que el tiempo no me alcance, así que diariamente lo tomo fuerte de la mano. Es extraña esa sensación de aferrarme a alguien porque mañana me puedo morir.

DE LOS PROBLEMAS DE ENAMORARME Y DECIR COSAS BONITAS

Cuando me enamoro suelo decir cosas bonitas. Eso me di cuenta con Joaquín, quien no se había enamorado de mí, pero cómo le gustaba escucharme. Los ojitos le brillaban mientras los endecasílabos afloraban en mi vocabulario y una sonoridad sonetesca acompañaba todo lo que le decía.

Joaquín llegaba muy temprano por mí, me llamaba por teléfono a menudo y siempre me pedía que le contara un cuento antes de dormir. Poco a poco me fui dando cuenta de que él no hablaba y que además mi vocabulario tomaba vida propia, algo así como un canto de sirenas que hipnotizaba a Joaquín.

¿Joaquín sabés que es lo que más me molesta? No, no sé. ¿Joaquín sabés que es lo más me gusta? Tampoco. ¿Joaquín sabés algo de mí? No sabía nada y el descaro era que quería que yo misma le respondiera así, bonito, porque quería seguir oyéndome siempre. Siempre.

Las escasas palabras de Joaquín empezaron a llenarse de una ulteridad, inmortalidad e infinitud. Estaremos juntos pase lo que pase. Estaré siempre con vos. No nos separáremos nunca. Podría escucharte toda la vida y más allá de la vida.

Cuando sentí que en mi eternidad estaría condenada a hablarle a alguien que le gustaba escucharme pero que no me escuchaba, dejé de hablar.

Desarrollé un gran sistema. Señales de manos, gestos y otras. No contestaba el teléfono más que con umms, ams y uujms. Cuando llegaba a mi casa, asentía, señalaba y lo dejaba hablar. Poco a poco el efecto de las palabras fue surtiendo efecto. Y Joaquín dejó de invocar la eternidad y demás cosas sujetas a intervalos abiertos de tiempo.

Joaquín me gustaba mucho, quería saber cómo comunicarme con él. Que yo había cambiado, dijo él. Que las cosas no funcionaban. Asentí, umms y ams y uujms y señalé la puerta.

DE LOS PROBLEMAS DE ENAMORARME DE HOMBRES QUE ME ENGAÑAN CON MUJERES DE OJOS GRANDES

Mi amorío con Guillermo se basaba en mi esencia competitiva. Adicta a ganar todos los concursos en mi niñez, lo más obvio era que me enamorara perdidamente del hombre más mujeriego del mundo. Cada día debía vencer a otra mujer en contienda por el amor de Guillermo: la mujer más delgada, la mujer que bailaba mejor salsa, la mujer que cocinaba mejor pasta, la mujer que escribía los correos más divertidos, la mujer que podía cargar el botellón de agua, la mujer que no podía cargar el botellón y necesitaba ayuda, la mujer que le tenía miedo a las ratas, la mujer que no podía cruzar la calle sola, la mujer que podía matar cucarachas de un solo golpe con tacones que no usaba, la mujer que podía equilibrarse en tacones de doce centímetros, la mujer con el maquillaje de los años cuarenta, la mujer que sabía recitar versos de Goytisolo con cadencia, la mujer que contaba chistes en las fiestas.

Pero llegó una mujer invencible. Una mujer con unos grandes ojos. Yo con mis ojos almendrados y pequeños no podía hacer nada. Era como un designio superior: la naturaleza se oponía. ¿Qué podía hacer para tener unos ojos más grandes? ¿Rímel? ¿Delineador? Lo intenté. Siguiendo con detalle los tutoriales de revistas de belleza y videos de mujeres asiáticas fanáticas del manga. Pero no era tan espectacular el cambio. Guillermo no decía nada, pero yo estaba segura que estaba cada vez más metido en esos ojos grandes verdes que yo tanto envidiaba.

Busqué miles de soluciones. Mientras tanto no podía ver a los ojos de Guillermo pues sus verdaderos ojos estaban en esos ojos grandes, donde también ya estaba yo. Hasta que un cirujano plástico logró convencerme de que mis ojos podrían ser más grandes con un moderno y extraño procedimiento descubierto en la India, donde abundan las mujeres de ojos grandes. Un día le dejé una nota a Guillermo. Una nota en la ventana. "Volveré".

Tres meses después regresé, con nuevos ojos o por lo menos más grandes. Hermosos. Delineados. Volví a la ventana. Miré mi reflejo. Y no me reconocí. Tampoco a la nota, pues descubrí que había escrito "Adiós".

De los problemas de enamorarse de hombres guapísimos en los bares

Los bares deben de ser los cielos de mundos paralelos, explicaba Arturo mientras con una bocanada su cigarro ya estaba por la mitad. Los bares donde permiten fumar, aclaraba. Enojado, porque no lo dejaban fumar adentro, salió. Siempre lo acompaño, porque Arturo me cae bien y siempre pasan cosas interesantes cuando dice alguna frase que me hace reír.

A veces las frases me hacen reír simplemente porque me recuerdan a algo y parecen como pequeños abrazos. A veces las frases simplemente me hacen sonreír, como manos que se pierden en mi cabello. Arturo, en cambio, rara vez ríe, rara vez su cara parece decir algo. A veces intento sin mucho éxito leer su humor en las maneras de tomar el cigarro en sus manos, si exhala rápido, si lo prende en cierto número de intentos, si mira al techo, si usa el cigarro para hacer pausas entre las frases, si taquea la cajetilla con tres golpes, si guarda los cigarros con la mano derecha o con la izquierda. Como si fumar fuera su verdadero rostro: un rostro cambiante que se traduce en gestos que entiendo, fumarolas y exhalaciones de nicotina.

Afuera del bar, que era algún cielo de un mundo paralelo donde dejaban fumar en los bares, parecía que la noche era fría. Un rubio cual querubín salía por un cigarro. Miró a Arturo como cómplice, con esa expresión varonil de compartir el mismo vicio, como si se brindara con un cigarro, como si se aprobaran algún código secreto.

Me senté en la banqueta, me arreglé las mallas y puse mi cabeza sobre mis brazos. Esperé que Arturo se sentara junto a mí. Arturo permaneció de pie y volteó hacia arriba (al verdadero cielo estrellado) y encendió otro cigarro. El rubio se acercó. Arturo le convidó del encendedor. Arturo dijo más frases. Me reí. El rubio sonrió. Se terminaron el primer cigarro para el rubio y el segundo para Arturo. El rubio me ayudó a levantarme de la banqueta.

Entramos al bar, y entonces me enamoré del rubio, guapísimo, en un cielo de un mundo paralelo lejos, muy lejos de Arturo que guardaba la cajetilla vacía con la mano izquierda en su bolsillo.

DE LOS PROBLEMAS DE ENAMORARSE DE HOMBRES QUE COSECHAN EN LOS JARDINES

Jacinto cuidaba sus plantas y les platicaba. A mí me gustaba verlo desde mi ventana de cuatro vidrios, siempre que colgaba la ropa de manera rebelde. Porque las ventanas no son propias, recuerdan las reglas escritas y enviadas por circular a todos los departamentos. Las ventanas son del edificio, dicen. Son de la unidad habitacional. Y podemos ponerles cortinas, pero no ropa.

Cuando ponía mi ropa prohibida en mi tendedero imaginario, él revisaba sus plantas; en sus ventanas, que no son sus ventanas, son las ventanas del edificio, de la unidad habitacional y por tanto también mías. Las limpiaba. Les ponía agua con rociador. Les decía cosas. Me imaginé entonces que mi tendedero quedaba enfrente de su jardín. Que nuestros segundos pisos eran praderas verdes llenas de sol.

Entonces esos aires y cables de televisión paga y electricidad que nos separaban se convirtieron en algo parecido a un camino. Me volvió a ver y me saludó. Sonrió. Sonreí. Coloqué un gancho preparado con una camiseta y un par de calcetines (para ahorrar espacios) y cuando mi mano estuvo libre, lo saludé de vuelta.

Tres días después, abajo, en el mundo de las plantas bajas o el mundo subterráneo de praderas con tendederos y jardines imaginarios, me saludó. Me invitó a un café. Lo tomamos. Habló de sus plantas (dos hortensias, la orquídea que casi no sobrevive), de su trabajo (diseñador, trabajo en casa, dijo, por eso tengo tiempo para ellas), de su familia (tercer hijo de familia de siete, tengo un hermano gay –confesó con congoja), de sus exnovias (María, casi me caso con ella, se fue a estudiar a Londres, Teresa es la más cercana, pero estaba loca, quería tener hijos sin casarnos, Tamara, feminista aguerrida que me dejó por el comentario macho de decirle que le quedaban bien los vestidos). Quedamos de vernos al día siguiente.

Mientras descolgaba las ropas lavadas del día anterior y elegía qué de esas ropas podría no planchar para usarlas en la cita, miraba el departamento de Jacinto. No parecía un jardín. Era un departamento con un ventanal de cuatro vidrios, como el mío. Por eso mis ventanas ya no son praderas. He decidido colgar la ropa en la azotea, porque las ventanas no son mías, son del edificio. Y en la azotea se ve bonito el cielo, sirve subir al quinto piso para quemar 60 calorías con los 77 escalones que subo (ida y vuelta) y tonifica las piernas. Quizás así podré tener más fuerza para bajar a ese mundo e ir por café.

De los problemas de enamorarme de hombres sin dolores autoinfligidos

Las cicatrices son tatuajes no deseados, me dijo. Me enseñaba una en el brazo. Y luego otra en la pierna que mostraba su bermuda de domingo. Accidente en moto. Yo no tengo cicatrices. Alcancé a decir: "algunos en mi familia tienen queloides, pero yo tengo muy buena cicatrización", como si la incoincidencia genética fuera algo para alardear. Que siempre quise un tatuaje, pero que no soporto los dolores autoinfligidos porque me duelen más. "Es más, desde antes me duelen". Sonreí. Y Mauro, el de la fila del súper que se acercaba a tomar el cereal que no tiene trigo, me acompañó a la caja.

Al principio me gustaba la idea de que el pasado estuviera en su cuerpo para siempre. Porque le fui descubriendo muchas cicatrices. Desde la historia de la pelea entre niños, el vidrio roto de la vecina y demás peripecias infantiles, a las juveniles que incluían rebeldía, drogas y rocanrol. A las más actuales, como esa extracción de vesícula que mostraba su adultez y el paso del tiempo. Me la pasaba envidiando ese pretérito que se podría tocar para siempre.

Pero sus cicatrices volvían a cada rato y cada vez que yo las veía y recordaba cosas que no había vivido. Como si los recuerdos ajenos me persiguieran. Casi podía sentir los olores de la parrillada en la que se había quemado la mano derecha, había longaniza y chistorra. Y estoy segura que esa caída en la bicicleta fue a la par de la casa de una vecina que no lo recogió pero le dio un dulce té de limón. Pensaba en mis tatuajes y mis dolores autoinfligidos potenciales. En cómo no encerraban pasado sino futuros, y los prefería por poco concretos. No incluían olores ni sabores. Eran libres de los sentidos. Sólo el dolor puro cerebral del que los imagina.

Como si se tratara de comer sin trigo, sin azúcar, sin lácteos y sin cárnicos. Porque todas esas cosas traen dolores futuros que desde ya me empiezan a doler. La prevención que no escuché en el supermercado, la etiqueta de "este producto puede contener trazas de almendras y otras nueces" me gritó. No sabía qué hacer con los pasados que empezaban a tomar forma y lugar y cada vez eran más. Apilados uno a uno, en cicatrices invisibles que una no puede declarar, sin queloides qué contar.

Él seguía, con sus tatuajes visibles, y casi orgulloso de sus dolores pasados. Optimista del futuro. Yo lo veía sonreír y su sonrisa me daba envidia. No por sus dientes. No por su boca roja que combinaba de manera perfecta con su cara de barbilla gruesa. Odiaba que pudiera llevar dolor en la sonrisa. Como si desde cuando le dije que no tenía cicatrices, me hubiera sentenciado a ser otro dolor sin rastro.

De los problemas
de enamorarse de hombres
que no han dicho nunca adiós

Gustavogabriel tenía los dientes perfectos. Lo conocí riéndose frente al espejo, haciéndole burla a un amigo en un museo. En uno de esos museos donde abundan los espejos antiguos y una viaja un poco en el tiempo. Es un viaje corto casi imperceptible, pero sé que sucede, porque se nota en el cansancio y en las arrugas extras que aparecen después de esas visitas. A Gustavogabriel el viento le movía el pelo castaño con rizos a la altura de las orejas, y es que los viajes en el tiempo llevan pequeñas brisas a los cuartos encerrados en los museos. A Gustavogabriel, además, los dientes le brillaban blancos, terriblemente blancos, demenciales. Tan demenciales que producían sonidos. Yo oí justo ese momento en que la sonrisa enamora, ese clic de la sonrisa, ése. Vi a Gustavogabriel y tosí fuertemente y como hombre atento sacó su pañuelo con letras bordadas en un estilo tan anacrónicamente romántico.

Paseos por el parque y ausencias de carruajes que no importaron, aquello estaba cercano a la perfección. Gustavogabriel tenía además la familia perfecta. Un padre, una madre, una hermana menor y un perro labrador color champagne. Vivía en una casa perfecta, que podría haber tenido un techo triangular, como esas casas que se dibujan en el pre-escolar.

–¿Nunca?

–Nunca –replicó.

Gustavogabriel nunca le había dicho adiós a nadie. Sus abuelos estaban muertos prácticamente desde que nació y su familia tan nuclear y unida, siempre se había mantenido junta. Sus novias lo habían olvidado y nunca habían hecho más que perder contacto. Y así había andado enseñando sus dientes perfectos por el mundo con una sonrisa que no dice adiós. Yo me preocupé, como suelo hacerlo. Porque no quería que decir adiós fuera traumático. Entonces empezamos una serie de simulacros. Peleas. Historias de desencuentros. Que yo me iba. Que él se iba. Y todas las despedidas –aunque fuésemos a vernos al día siguiente– servían de pretexto para que él se ejercitara.

Empezó a dejarme cartas de despedida escondidas debajo de la almohada, sobre el refrigerador, un papel sobre el libro que leía, un "adiós" en labial rojo en el espejo del baño, un recado con la vecina, unas flores amarillas. Mientras, yo ensayaba cada vez y recolectaba las lágrimas de cada despedida, y las acompañaba a veces con suspiros, a veces rompiendo las notas, a veces llorando con los mensajeros y a veces tirando cosas por la ventana.

Un día me desperté, cansada, sin lágrimas. Vi la ventana con un paisaje que no era romántico. Había una ciudad y no había príncipes en ella y menos quien llorara su partida. Me marché. No le dije nada. Porque no hubiera sido capaz de decirle adiós. No sin un carruaje para marcharme y no sin dejar un pañuelo que vuele con la brisa a pesar de las lágrimas.

De los problemas de enamorarme de hombres que piensan que escribo cuentos sobre ellos

Un lápiz 2HB, con una punta ni muy afilada ni muy gastada. Tengo una obsesión por morder las gomas de los lápices, hasta quitárselas, con todo y lo metálico que las sostienen. Como si un lápiz debiera ser sólo madera. Porque no hay que borrar, hay que tachar. Había logrado que este lápiz fuera perfecto. Todo listo para escribir. Pensaba en un sinónimo para "caer" y las hojas de los árboles hacían justo eso tras la ventana del comedor. Entonces él entró y me observó. Había olvidado que tenía llaves del departamento.

Sonreí, le di la bienvenida y me levanté de la silla. Ofrecí café e inmediatamente lo serví en dos tazas adornadas con florecitas. Olía bien, era café colombiano. Me tomé un trago y me senté de nuevo en el comedor. Retomé el cuaderno, el lápiz. La punta del lápiz se quebró en el momento que yo tachaba "caer" y toda la oración anterior. Él aclaró la garganta, me preguntó si me ponía nerviosa. Sonreí. Le dije que no. Me pregunto si escribía sobre él. Sonreí y le dije que no. Preguntó si alguna vez escribiría sobre él. Sonreí. Y le dije que no.

No me molestaba que leyera mis historias. Hasta que empezó a imitar a los personajes. Que me decía al oído que más de alguna vez pensó en tener el corazón más grande, porque es de gran valía entre las chicas. Que ser daltónico no le venía mal, siempre había odiado el tecnicolor aunque el sonido de la palabra le fascinara. Que también siempre había querido tener bonita letra. Y que, además, siempre le había gustado ver a la gente al otro lado del andén en el metro.

Yo sonreía y le decía que todo estaba bien, mientras escondía cada vez más mis escritos. Que el otro día me decía que cocinar cantando es bien bonito, que ya entendía todo del cuento aquél. Que si en un cuento un personaje comía un chocolate con avellana, tenía yo en mi almohada un chocolate con avellana el día siguiente. Que si otro personaje fumaba unos marlboro quitándole estúpidamente el filtro, que así lo había preferido siempre. Y así de repente yo estaba en un déjà vu de todas mis historias.

Le tenía que hacer ver que no podía más. Y no sabía cómo. ¿Cómo desinvitar al que había invitado? Me dijo que esa frase era excelente para terminar el cuento aquél, que el final no le había parecido. Y que con éste todo parecía mucho mejor, que qué bueno que me había dado cuenta. Entonces cerré puertas, ventanas.

Volví a tomar el cuaderno. Las hojas estaban cayendo tras la ventana.

Alguien tocó a la puerta. Sin llaves, del otro lado del cerrojo. Con películas. Abrí. Me dio un beso.

–¿Cuál querés ver?

–Cualquiera.

–¿Qué? ¿Otra vez escribiendo de mí?

–Siempre, es inevitable –le respondí– ¿Cuándo te vas llevar las llaves del depa? Me asustás con el timbre, le expliqué.

Miró hacia el cielo como si en el cielo estuviera la razón por la que siempre olvida las llaves.

–¿Querés café? –le pregunté.

Cerré el cuaderno. Limpié los lentes. Cerré la ventana. "Descender" es sinónimo de "caer", pensé. Serví el café en las tazas de florecitas y me senté, sola, a ver la película.

Contenido

Historia del feminismo o una carta muy cursi / 9

Wenceslao / 11

De los problemas de enamorarse
de hombres que tienen bonita letra / 15

De los problemas de enamorarse
de hombres al otro lado del andén / 17

De los problemas de enamorarse de hombres
con nombres no asignados a ningún personaje / 21

De los problemas de enamorarse
de hombres que no existen / 25

De los problemas de las visitas de la fidelidad / 29

De los problemas de enamorarse
de músicos con nombres rusos / 33

De los problemas de enamorarse
de hombres con un corazón muy grande / 37

De los problemas de
enamorarse de hombres que ríen / 39

De los problemas de enamorarse
de hombres con vergas raras / 43

De los problemas de enamorarse del diablo / 45

De los problemas de enamorarse
de hombres que cantan mientras cocinan / 49

De los problemas de
enamorarse de hombres con ojos grandes / 51

De los problemas de
enamorarse de hombres daltónicos / 53

De los problemas de enamorarse en sueños / 55

De los problemas de enamorarse
de hombres astrológicamente incompatibles / 57

De los problemas de
enamorarme y decir cosas bonitas / 59

De los problemas de enamorarme de hombres
que me engañan con mujeres de ojos grandes / 61

De los problemas de
enamorarse de hombres guapísimos en los bares / 63

De los problemas de enamorarse
de hombres que cosechan en los jardines / 65

De los problemas de enamorarme
de hombres sin dolores autoinfligidos / 69

De los problemas de enamorarse
de hombres que no han dicho nunca adiós / 73

De los problemas de enamorarme de hombres
que piensan que escribo cuentos sobre ellos / 77

De los problemas de enamorarse de Ana Escoto, se terminó de imprimir en el mes de febrero de 2019, año del centenario del nacimiento de Carlos Solórzano Fernández (1 de mayo de 1919 – 30 de marzo de 2011), Premio Nacional de Literatura "Miguel Ángel Asturias", 1989 y Luz Méndez de la Vega (2 de septiembre de 1919 – 8 de marzo de 2012), primera mujer en ganar el Premio Nacional de Literatura "Miguel Ángel Asturias", 1994. F&G Editores, 31 avenida "C" 5-54 zona 7, Colonia Centro América, 01007. Guatemala, Guatemala, C. A. Teléfonos: (502) 2292 3792, (502) 5406 0909 informacion@fygeditores.com www.fygeditores.com

Más en
F&G Editores

Cuerpos.
Relatos eróticos por mujeres
Varias autoras

Con pasión absoluta.
*Premio Centroamericano de
Novela "Mario Monteforte Toledo",
2004*
Carol Zardetto

Nada pesa (p = m x g)
Carolina Escobar Sarti

Ita.
*Novela finalista del Certamen
BAM Letras, 2017*
Mónica Albizúrez

La flor oscura.
*Novela finalista del Certamen
BAM Letras, 2017*
Valeria Cerezo

La muerte de Darling.
*Finalista libro de cuentos del
Certamen BAM Letras, 2016*
Valeria Cerezo

Ru'x
Irma Otzoy

Abrir las manos
Cheri Lewis G.

Ana sonríe
Denise Phé-Funchal

La lucidez de la locura.
Relatos clínicos
Ana María Jurado

Caricias para Beatriz y
otros relatos
Ana Fortuny